国家出版基金项目
NATIONAL PUBLICATION FOUNDATION

廣中原音韻小令定格

盧冀野◎著

山西人民出版社
山西出版傳媒集團

圖書在版編目(CIP)數據

廣中原音韻小令定格 / 盧冀野著. —太原： 山西人民出版社，2014.12
（近代名家散佚學術著作叢刊 / 許嘉璐主編）
ISBN 978-7-203-08794-6

Ⅰ. ①广… Ⅱ. ①盧… Ⅲ. ①古代戲曲－文學研究－中國 Ⅳ. ①I207.37

中國版本圖書館 CIP 數據核字(2015)第 046999 號

廣中原音韻小令定格

主　　編　許嘉璐
著　　者　盧冀野
責任編輯　馮靈芝

出 版 者　山西出版傳媒集團·山西人民出版社
地　　址　太原市建設南路 21 號
郵　　編　030012
發行營銷　0351-4922220　4955996　4956039
　　　　　0351-4922127(傳真)　4956038(郵購)
E-mail　sxskcb@163.com　發行部
　　　　　sxskcb@126.com　總編室
網　　址　www.sxskcb.com

經 銷 者　山西出版傳媒集團·山西人民出版社
承 印 廠　山西出版傳媒集團·山西人民印刷有限責任公司

開　　本　700mm×970mm　1/16
印　　張　7.75
字　　數　73千字
印　　數　1—3000冊
版　　次　2014年12月　第1版
印　　次　2014年12月　第1次印刷
書　　號　ISBN 978-7-203-08794-6
定　　價　19.00圓

《近代名家散佚學術著作叢刊》編委會

出版説明

近代名家散佚學術著作叢刊選取一九四九年以後未再刊行之近代名家學術著作共一百二十册，編例如次：

一、本叢書遴選之著作在相關學術領域具有一定的代表性，在學術研究方向、方法上獨具特色。

二、爲避免重新排印時出錯，本叢書原本原貌影印出版。影印之底本皆經專家組審定，原書字體大小，排版格式均未做大的改變，原書之序言、附注皆予保留。

三、本叢書分爲八大類，以作者生卒年編次。

四、爲使叢書體例一致，本叢書前言後記均采用繁體字排版。

五、個別頁碼較少的版本，爲方便裝幀和閲讀，進行了合訂。

六、少數學術著作原書内容有個別破損之處，編者以不改變版本内容爲前提，部分進行修補，難以修復之處保留缺損原狀。

七、原版書中個別錯訛之處，皆照原樣影印，未做修改。

八、所選版本之抽印本頁碼標注，起始至所終頁碼均照原樣影印，未重新編排標注新頁碼。

由於叢書規模較大，不足之處，殷切期待方家指正。

總序／披沙瀝金，以爲鏡鑒

◇許嘉璐

多年來有一個問題始終在我腦中盤桓：爲什麽在十九世紀末到二十世紀初，在短短的幾十年裏，中國的各個學術領域竟涌現了那麽多大師級的人物？這是中國近代史上一個極爲重要的現象，我認爲，如果不能給出令人滿意的答案，我們撰寫的近代學術史將是不完整的，甚至是缺乏靈魂的。後來我知道，著名人類學家克羅伯曾提出過一個問題：爲什麽天才成群地來？看來這種現象的出現並非中國所獨有，思考其所以然的也大有人在。而在那一次世紀之交中國的情況，似乎應驗了「天才成群地來」這個令克氏久久不解的疑問。錢學森先生曾從相反的方向提出了相同的疑問：爲什麽我們這個時代出現不了杰出人才？後來人們稱這個問題爲「錢學森之謎」。

要回答這些疑問不是件容易的事。與其迅速地囫圇地探尋，不如先多了解那些讓中國近代學術（應該包括人文科學和自然科學）史上閃耀着光輝的大師們的作品和自述，從而在腦海里盡量「復原」他們所處的環境和在那種環境下的心理路徑，從中或許可以得到一些啓示。

有一點是顯然的，這就是他們雖然都已遠離塵世而去，但是他們獨立思考的品性、求知治學的真誠、困厄窮愁中對節操的堅守，恐怕是他們共同的主觀因素，一直影響到現在，而且將會永遠留存下去。

就思想界、學術界而言，二十世紀上半葉是一個新説和舊説碰撞，中學和西學融匯的大時代。那時的學人極爲重視言行操守，同時具備現代知識分子的理想信念；他們的學術研究十分純浄，絶少功利因素；他們的視界開闊，以包容的心態和嚴謹的風格造就了成果的大氣與厚重。至於在客觀因素一面，他們實際是在用工業化時代的事實解説着太史公所説的名山之作「大抵聖賢發憤之所爲作」，困厄苦難使得他們「皆意有所鬱結」。這種鬱結，幾乎和個人的名利毫無牽涉，他們永遠不能釋懷的，是民族的存亡、國運的興衰、民衆的福禍和文脈的續斷。

那個時代也是近代歷史上最大規模的中西古今學術調適、創新的時期，學術方法上的交互滲透和融合、創新亦可謂「於斯爲盛」。斯時之學人是要在封閉的屋墻上鑿出窗子的勇士，是使人能够看看外部世界的第一批導夫先路者；或者可以説，他們是在「意有所鬱結」時「彷徨」和「吶喊」的「狂人」。

相對於那時的哲人們，後來者是幸運兒。現在的形勢是，近三十年來學界空前繁榮，衆多學科有了長足之進，其中很重要的一點是學界有了更新穎、更廣闊的國際視野，似乎接續上了百年前的學壇盛事。但細想想，「古」與「今」還是有差別的。其异，主要不在於世界情勢、學術進展、工具改善這些客觀存在，而在於在廣泛吸收各國優長的同時，自身文化的主體性越來越受到重視，换言之，「拿來主義」已經延長了「拿來」的程序，加上了試用、甄別、篩選、吸收、融合、成長。就我孤陋所見，在當今地球上，面向所有異質文明，努力汲取我之所缺，其範圍之大和心態之切，似乎無出中國之右者。從這個角度説，我們已經超越了前輩。但是事情還有另外一面，學術，特别是人文學科，其職業化、「沙龍化」和功利性，以及隨之而來的浮躁病却嚴重了。從這個角度説，是不是我們已經後退得够可以的了？而這是不是我們這個時代出不了大師的原因之一呢？

民國學術界的特點之一是極爲注重對傳統的反省、批判與繼承。他們對傳統文化盡最大的努力進行整理和研究。一方面，由於戰亂頻仍，民不聊生，學者們擔起了讓中華文化薪火相傳的歷史責任；另一方面，他們要通過對中國傳統文化的整理、挖掘來重振民族自信心。這一時期對傳統文化進行整理的全面而深入是前所未有的，舉凡文字學、語言學、經濟學、法學、哲學、政治制度、書法繪畫、金石學……規模之宏大，研究之精微，令人嘆爲觀止。

民國學術推動了現代學科體系的建立。在對傳統文化整理和研究的基礎上，吸收西方的文化思想和理念，推動和建立了中國現代學科體系。例如，在對語言文字和音韵學成果進行整理、研究的基礎上開始着手規範之，建立了國語學；深入研究書法、國畫，將其融入了現代美術學科；在廢除舊有學制後逐步建立起小、中、大學較完整的科目和學科體系。

民國學術也改變了傳統學術方式，建立了新的研究範式。以現代科學考古爲發端，科研的實踐和成果使中國知識界真正認識到在實驗、比較基礎上的邏輯分析對學術研究的重要，推進了中國學術的一大演變。至於我們常説的打破士大夫傳統、走出書齋到田野鄉村和市民中進行調查研究、結束了經學時代、以歷史眼光檢視儒學和諸子等等，都是確立新學術範式的努力。這一轉變，也標誌着中國學術界脱胎换骨，全面進入了現代，爲此後的學術發展奠定了堅實的基礎。當然，西方啓蒙運動以來，在「現代性」和「現代化」裏潛伏着的缺陷和謬誤也傳到了中國，這些不能不在前哲的著作裏留下痕迹。這並不奇怪。類似的情况，古往今來孰能免之？猶如今天的我們，誰敢自稱我之所見就是永恒的真理？在這個問題上兩個時代所異者，或許就在昔時大家創立新説或譯註西學著作，往往是懷着對學術和前哲的敬畏而爲之，故而常常誤不在我；當今則往往出於對學問和他人的輕蔑，或以所研究的對象爲謀己的工具，因而難辭主觀之咎吧。翻閲他們的心血之作，這些復雜的狀況可以顯見，可以視之爲我們的一面鏡子。

滄海桑田，世事變幻，歷史的動盪和時代的遮蔽，使當年許多大師的一些極有價值的學術著作被棄於故紙堆中，不能不令人有遺珠之憾。爲此，山西人民出版社不惜以數年之艱辛，披沙瀝金，編輯出版這套近代名家散佚學術著作叢刊，凡一百二十冊，計文學、史學、政治與法律、美學與文藝理論、民族風俗、宗教與哲學、經濟、語言文獻共八大類別。所選皆爲作者之純學術著作，無論是其見解、精神，抑或是其時代烙印，都是後輩學人可資借鑒的寶貴財富。他們出版這套叢書，意在讓世人不忘來程，知篳路藍縷之不易，爲民族文化的傳承再增薪木。

出版社的初衷，與我近年來所思所慮近似，故願略述淺見於書端，以與策劃者、編輯者和讀者共勉。

二〇一四年七月六日

改定於自安東回京途中

前言/二十世纪学术大厦散落的珍贵基石

◇李明君

二十世紀前期，注定是中國學術研究跨入現代科學發展風雲際會的時代，它基本上奠定了本世紀學術大厦的基礎。

進入二十一世紀後，當我們站在輝煌學術大厦的頂端，躊躇滿志地回眸近百年學術成果的時候，在大厦的上空，似乎迴旋着一種久已消逝的聲音；在大厦的背後，似乎散落着一些久已塵封的基石——它們，便是一些散佚的二十世紀前期的學術著作。這些在當時乃至後來都産生過重大影響的名家學術著作，一九四九年以後，基本上没有在大陸再版，因而逐漸沉没在忘卻的海洋裏。

七八十年之後，當我們拂去灰塵，重新審視這些散佚的學術著作時，才發現它們的價值是如此的珍貴，成果是如此的豐厚，研究是如此的深入，而傾注的情感又是那麽的深沉。重讀這些經典，彷彿是聆聽這些儒雅的學者給我們講述民國學術的蹉跎歲月，喚醒了我們久已淡忘的歷史記憶。

一、西學東漸與承前啓後

二十世紀前期，西風東漸，中西文化交流擴大，新知識、新觀念大量涌入我國。倡導科學精神與采用科學研究方法，不僅衝擊了中國原有的知識體系和思想觀念，更爲現代學術思想的更新和研究拓展了空間。

這一時期的學術研究集中地體現在繼承、清理傳統學術的「承續先哲將墜之業」和「開拓學術之區宇，補前修所未逮」（陳寅恪王靜安先生遺書·序）兩個方面。學者們既是傳統學術的繼承者，又是現代學術的開拓者。

二、清理拓荒與學術奠基

辛亥革命之後，社會文明進步，文化教育普及，學術研究也力求使高深的學問向普及的大衆化知識轉化。故而，其時以基礎的和通論性的著作爲多見。

例如，邵鳴九的國音沿革六講、胡以魯的國語學草創、羅常培的國音字母演進史、吴貫因的中國文字之起源及變遷以及王力的漢字改革等即屬此類。

而論點集中的專題性論著，如王力的南北朝詩人用韵考、王光祈的中國詩詞曲之輕重律、白滌洲關中入聲之變化等，則以其研究深入和範疇擴展而更有價值。

這些學人以杰出的膽略、識見、才華，以及對本學科知識的通體了解，破除成見，大膽創新，開創了二十世紀學術發展的新局面。

三、學出多門與新式教育

這些學者們知識豐厚，見解獨到，憑藉着傳統文化的根底和新鋭的西方現代學術觀念，意氣風發地縱橫文壇，在多個領域都有建樹。

他們大多具備深厚的國學修養：如夏敬觀爲清光緒年舉人，工詩善詞，兼治經學。盧冀野是曲學大師吴梅的門生，錢玄同爲國學大師章太炎的弟子。

而新式的學校教育和出國留學則直接學習西方科學的理論和方法，爲中國的學術研究注入了新的活力。

本編的作者們大多留學於歐美東洋，有過親炙現代學術導師和受現代學術訓練的經歷。如沈兼士、胡以魯、吳貫因等曾留學日本，王力留學法國，周傳儒有過英國劍橋、德國柏林大學的求學經歷，而王光祈則客居德國十多年，於政治經濟學與音樂學多有研究。

這些學者們歸國以後，或執教於高等學府教書育人，或投身於科研機構潛心工作，爲以後的著書立説進行知識的儲備。

本編中周傳儒、羅常培、顧實的著作即是在大學講義的基礎上創作的，白滌洲的關中入聲之變化也是在陝西關中四十二縣方言調查的基礎上撰成的。由於這些著作經過教學實踐和實地考察，因而研究成果扎實，學術含量深厚。

本編不少作者除音韵研究術有專攻之外：邵鳴九在傳統經學、幼兒教育、日本教育、地方行政教育、院校學科管理方面著述甚多；王光祈有音樂、戲劇、美術、國防、外交、政治方面的譯作論著幾十種；盧冀野於古代戲曲、詞曲、詩歌、小説、散曲、舊體詩等方面也著述豐厚。

民國學者知識廣博，師出多門，不囿一業，是一種非常普遍的現象。

四、資料功夫與科學解釋

王國維先生曾説：「古來新學問起，大都由於新發見。」（王國維最近二三十年中中國新發見之學問）掌握新資料，采用現代科學理論研究新問題，是二十世紀前期學術研究的鮮明特點。

民國初年，地不愛寶，考古新材料如殷墟甲骨、敦煌遺書、西陲簡牘相繼出現，爲現代學術研究提供了豐富的資料基礎。學者們充分利用考古新資料和西方現代音韵學研究的理論及方法，使語言文獻學的研究得到長足的發展。

例如，周傳儒的甲骨文字與殷商制度就利用了殷墟考古出土的甲骨文資料，魏建功的十韻彙編資料補並釋則利用了國內外的敦煌石窟、高昌古城發現的古韵書新資料。

而胡以魯采用現代人類學、心理學、生理學理論對語言的發生、變化以及口舌發音的科學解釋，王光祈將我國「平聲」之字與近代西洋語言之「重音」與古希臘文字之「長音」的比較，以及白滌洲采用幾十幅圖表反映關中方言入聲變化規律的研究，都令人耳目一新。

這些學者們在研究問題時采用的資料之豐富、理論之新穎、考察範圍之廣袤、考釋方法之縝密，都是傳統研究者所難以達到的。

五、良好的學術環境與端正的學術風氣

經過了六七十年的時空距離，我們似乎不得不承認一九二七年至一九三七年的這十年，雖然社會動盪、戰亂時起，但卻是中國學術發展環境、學者精神狀態與物質待遇都相對優越的年代。這十年間，中外學術交流頻繁，科學研究興盛，學術成果豐碩。本編作品，基本上都撰成或出版於這十年。

這期間學術研究的繁榮與發展主要表現在以下諸方面：

（一）前輩學者對新學者的推崇獎掖

民國初期，前輩學者對青年學子的獎掖成爲風氣：梁啓超就盛贊清華國學院學生王力的中國古文法爲「精思妙悟，可爲斯學辟一新途徑」。章太炎也稱譽胡以魯的新著爲「精微畢輸，黄中通理，其用心可謂周矣」（章炳麟國語學草創序）。而當時的胡以魯才僅僅是個留日歸國的本科學士。

（二）學術觀點表達自由，學術争論視爲雅事

學術争論是提高保持學術活力、學術質量，維護學術尊嚴的重要形式。學術争論提倡百家争鳴，以理服人。

學者周祖謨針對音韻學研究中固守舊説的現象，認爲「學者求知，貴得其真，豈可專己守殘，隨聲附和」（周祖謨古音有無上去二聲辨·字辨第五）。顧實也以「發明古籍之奧藴，是正世儒之訛謬」（重考古今僞書考·蔣維喬序）的膽略，重考清代辨僞名著古今僞書考。

學者邵鳴九針對有人視唐代三十六字母與北宋廣韵爲金科玉律的觀點，風趣地説：從周到秦「若説這一千年之中，標準音一些也没有變，姬昌和嬴政竟可促膝而談，相説以解，恐怕没有這種情理」（邵鳴九國音沿革六講）。

那個時候，不僅學術評價實事求是，而且學者之間相互尊敬，有着良好的學術氛圍。例如，沈兼士就「極爲感謝」李方桂、林語堂、魏建功等人對其「右文説」的專函討論，認爲「諸説均足訂補鄙見之不足」（沈兼士右文説在訓詁學上之沿革及推闡附識），體現了一種學人的雅量。

吴貫因針對拼音字母必將取代漢字的時論，力排衆議，認爲「全廢漢字，前途尚覺遼遠」（吴貫因中國文字之起源及變遷）。現代漢字發展證明他的預見是正確的。

（三）學風嚴謹，資料來源清楚

嚴謹的學風與註明資料來源，是學術品德高尚的表現。白滌洲在著作中附録的關中入聲變讀聲調譜部首索引，是自古以來傳統文獻所鮮見，而現代學術著作不可或缺的書籍檢索構成。

魏建功、邵鳴九、王力等學者在引用他人論述時，均説明來源，標明作者的時代、書名、篇章，對引文亦如實迻録，低兩格排印，以示鄭重。既不掠人之美，又無曲解原義。

（四）學風端正，著述言簡意賅

本文作者曾經統計了語言文字編的八九本著作的頁碼與字數：其中頁碼最多、書籍最厚者是胡以魯的國語學草創，一百四十七頁，頁碼最少、書籍最薄者爲王光祈的中國詩詞曲之輕重律僅四十一頁；而書籍字數最多者爲七萬三千多，最少者則不足二萬。

雖然這些書籍都很薄，但在撰寫中卻用力甚勤：學術内容豐厚，書籍章節完備，文字表述精準，毫無浮滑不實的繁言蔓詞和故作深奥的賣弄之嫌。

面對這些沉甸甸的精深之作，反觀時下動輒幾十萬言的「皇皇巨著」，學術水平的高下自然不難判斷。

六、憂患意識與書生報國

「位卑未敢忘憂國」這種偉大的愛國情懷，每當國家危難之時，無論在傳統文人還是在現代知識分子身上都表現得那麽深沉。

的確，在國難之時，挺身而出，積極參與，是一種非常可敬的愛國行爲。即如中國詩詞曲之輕重律的著者王光祈，就積極參加過四川的保路運動和北京的「五四」遊行、籌辦過「少年中國學會」，是一位熱情的社會活動家。廣中原音韵小令定格的著者盧冀野，抗戰期間創作的中興鼓吹曾分贈前綫將士，起到了鼓舞士氣的作用。

然而，就知識分子群體來説，絶大多數人則不可能奔赴疆場，那麽像明末清初的「易堂九子」那樣，「兄弟戚友保聚一地，相與從容講文論學於乾撼坤岌之際」（陳寅恪贈蔣秉南序），就是一種更爲深重地延續文脈、保存國粹的愛國行爲。即如抗戰期間的西南聯大、中央研究院的學者們，在艱苦的條件下，或考察研究，或教學著述，無疑是一種文人的報國方式。

學者王力就將做學問與抗戰聯繫起來，他説：「前方將士正在浴血苦戰的時候，我們這班文人還安享着國家的俸給，清夜捫心，實在慚愧。若對於國家當前的問題，也不肯本平日所學，貢獻所知，則國家養士何用？」（王力漢字改革·自序）知識分子的愛國真情表露無遺。

而像劉半農那樣在考察方言途中染病逝世，像白滌洲那樣，在家中連喪五位親人之後還忍痛遠赴西北進行考察，不久也因病而逝的報國行爲，就更加感人至深，令人噓唏。

書生報國，鞠躬盡瘁，死而無悔，是那一代知識分子共同的情操。

七、結集出版與刊物發表

出版印刷的興盛爲二十世紀前期的學術繁榮做出了突出的貢獻。民國時期許多優秀的學者如張元濟、高夢旦、王雲五等相繼入主出版，更多的學者如胡適、胡愈之、沈雁冰、葉聖陶等參與編輯。他們氣度豁達，慧眼識珠，出版專著，創辦刊物，編纂文庫，結集叢書，使許多學術新見解和研究新成果得到了及時、多元的表達，加速了學術研究的發展與傳播。

本編的著作大多初版即爲專著。也有一些學者如沈兼士、王力、周祖謨、白滌洲等的著述卻是先發表於刊物，後來才抽印成專著的。這些抽印本有過學術討論的積澱，水平自然可嘉。

二十世紀初，雖然白話文與新式標點曾遭到激烈反對，但它們還是以明了通暢的形式佔據了民國文本形式的主流。本編的作者們大都能較熟練地運用白話文進行寫作，有時「因欲與引证文字相符合」，而不得已采用文言文時還特地加以説明（邵鳴九國語學沿革六講·例言）。這種爲讀者着想的方法無疑促進了中國學術由高深奥妙向大衆「公器」的轉變。

民國書刊的排列雖因時代新舊交替而橫、豎并存，但統一采用新式標點符號，則是學者們引領潮流，與時俱進思想的表現。

撫今追昔，當我們掀開這些泛黄的書頁，看着似曾相識的繁體字，竟萌生出一種撫摸民國學術體温的感動。

他們的貢獻無愧於那個時代，他們的著作堪稱爲學術經典。

是以爲序。

二〇一四年五月十五日於三亞學院

作者簡介

盧冀野（一九〇五年—一九五一年），原名正紳，後自己改名爲盧前，字冀野，自號小疏，别號飲虹。江蘇南京人，文學和戲劇史論家、散曲作家、劇作家、詩人，曲學大家吴梅先生弟子。畢業于東南大學。先後受聘于金陵大學、暨南大學、中央大學等學府，講授文學、戲劇，曾任國立藝術專科學校校長等多職。

序

元賢曲論，成書者罕。燕南芝菴唱論而外，惟周德清中原音韻，其書涉及韻，論，譜，選，有功於曲林匪鮮。顧所謂定格者，小令四十首，僅收北詞，而不及南曲。北調且不備；至牌調，何者爲小令所專用，何者不當用作令曲，未嘗釐定，亦不得謂非其失也。吾師冀野盧先生，十年前主講金陵大學時，已爲補訂，既移硏河南，復更寫定。歲癸酉，來暨南，璞珊從受曲學，居常習作，頗以是譜爲範。曲至今日而益衰，操觚之士，能爲詞者已難得，況曲耶。雖然，譜書不能如詞律之流傳，亦曲之所由微也。周氏此書，可謂曲學功臣，得先生之廣益，知後此作曲者，守此準繩，而絕無茫然歛手之歎，則曲之中興，不卜而待，抑可斷言已。民國二十五年十一月南陵受業陳璞珊拜序。

廣中原音韻小令定格目錄

卷上

北曲之部

仙呂原有六調。後庭花以下皆係新補。計共十四調。

中呂原有九調。上小樓以下皆係新補。計共十四調。

南呂原有二調。玉嬌枝以下新補。計共五調。

正宮 原有二調。叨叨令以下新補。計共八調。

雙調原有十一調，河西六娘子以下新補。計共三十五調。

卷下

南曲之部原書無南曲。此卷新補。

商調計五調。

雙調計三調。

仙呂入雙調計六調。

廣中原音韻小令定格卷上

金陵盧　前冀野

北曲之部

仙呂

原有六調。後庭花以下皆係新補。計共十四調。

寄生草 飲

長醉後方何礙△不醒時有甚思◎糟醃兩箇功名字◎醅渰千古興亡事◎麯埋萬丈虹霓志◎不達時皆笑屈原非△但知音盡說陶潛是◎

評曰：命意，造語，下字俱好。最是陶字屬陽協音。若以淵明字，則淵字唱作元字。蓋淵字屬陰。有甚二字上去聲。盡說二字上去聲。更妙。虹霓志，陶潛是，務頭也。

按寄生草亦入雙調。句法為三三，七七七，七七，共七句，五韻。據第九法，末句應平平仄仄平平去。此正合。

前又按，明人以首二句，作五字對偶，如不細察遂認爲正格，其實非是。糟醃三句宜對，卽所謂扇面對也。

醉中天

疑是楊妃在◎怎脫馬嵬災◎曾與明皇捧硯來◎美臉風流殺◎叵奈揮毫李白◎覷著嬌態◎灑松烟點破桃腮◎

評曰：體詠最難。音律調暢。捧硯，點破，俱是上去聲。妙。第四句末句是務頭。按醉中天亦入越調與雙調。句法五五，七五，六四六，共七句，七韻。第六句有僅作二字者。殺，應叶去，白，應叶上。據第九法，末句應作平平仄仄平平。此正合。諸譜於末句或作四字，或作七字皆非。

前又案，叵奈一句，有叶平韻者。如歸去松陰歸身是也。又如無名氏作賦昭君云，怨煞丹青畫手，依舊至今青臉雲愁。是不獨第六句作二字，末句亦作四字句，而以至今二字作襯也。至於睡煞梁間燕，人比青山更遠。黎花庭院，月明閒却秋千。則與此首全合。

醉扶歸 禿指甲

十指如枯筍。和袖捧金樽。搊殺銀箏字不眞。揉癢天生鈍。縱有相思淚痕。索把拳頭搵。

評曰：筍字若得去聲字，好。字不二字，去上聲，便不及前詞音律。餘無疵。第四句，末句，是務頭。

按醉扶歸亦入越調與雙調。句法五五，七五，六五，共六句，六韻。有別體。據第九法，末句應作仄仄仄平平去。此正合。評謂不及前詞音律者，謂字不二字乃去上，不及前詞曾與明皇捧硯來，同爲七字句中之五六二字，而捧硯作上去，音律較諧也。

前又按，此調末句必須去韻。而首二句之別格，如王伯成曲云，占斷風流選．枝寒．竟將第二句作二字矣。

雁兒

你有出世超凡神仙分◎一抹絛△九陽巾◎君◎敎做個眞人◎

評曰：此調極罕，伯牙琴也。妙在君字屬陰。

按雁兒，乃仙呂套曲。一名醉雁兒。句法七，三三，一三，共五句，四韻。首句有竟作六字者。據第九法，末句應作仄平平。此正合。

前又案，此調作小令，不常見。嘯餘譜作雁兒落，非。一抹句一作若繫條一抹絛。戴一頂九陽巾。變成二句。此首曲文見馬致遠黃粱夢中。

一半兒 春粧

自將楊柳品題人◎笑撚花枝比較春◎輸與海棠三四分◎再偷勻◎一半兒胭脂一半兒粉◎

評曰：一樣八首，臨川陳克明所作。俊詞也。此調作者雖衆。音律獨先。

按一半兒與詞調之憶王孫同。惟末句，必作兩個一半兒云云。且末句叶上。是定格。句法七七，七，三九，共五句，五韻。諸譜多認兒字作襯。失却調名之由來矣。

第三句宜作平仄仄平平去平。北詞廣正譜，九宮大成譜，所改皆謬。

前又按，此調最難下筆在三字句。如馮雲鵬之新嫁娘曲云，兩難離。一半兒爹娘一半兒你。恰到好處。余與二北曾有唱和。用此調，見飲虹樂府。

金盞兒 岳陽樓

據胡牀◎對瀟湘◎黃鶴送酒仙人唱◎主人無量醉何妨◎若捲簾邀皓月△勝開宴出紅粧◎但一尊留墨客△是兩處夢黃粱◎

評曰：此是岳楊樓頭摺中詞也。妙在七字，黃鶴送酒仙人唱。傻語也。況酒字上聲，以轉其音。務頭在其上。有不識文義以送爲齋送之義，言黃鶴豈能送酒乎。改爲對舞，殊不知黃鶴事。仙人用榴皮畫鶴一隻。以報酒家。客飲撫掌。則所畫黃鶴舞以送酒。初無雙鶴。豈能對舞。且失飲酒之意。送者如吳姬壓酒之謂。甚矣，俗士不可醫也。

按，金盞兒一名醉金盞。與雙調金盞子不同。句法三三，七七，五五，五五，共八句，六韻。別體有高過金盞兒兩種，據第九法，末句應作仄仄仄平平。此正合。

前又按，末四句實是五言律，元詞亦有不對者。惟小令不常用此調也。

後庭花

湖山曲水重◎樓臺烟樹中◎人醉蘇隄月△風傳賈寺鐘◎冷泉東◎行人頻問△飛來何處峯◎

前案，句法五五，五五，三四五，共七句，五韻。此調可以增句體也。若增句但須末句重疊爲之，例如將飛來何處峯句，疊作若干句也。昔人作此曲，往往長短不一，實原於此。長生殿覓魂拆，嘗增至四十八句。

青歌兒

春城春宵無價◎星橋火樹銀花◎妙舞清歌最是他◎翡翠坡前那人家◎鰲山下◎

前案，此調首二句春宵，火樹，皆應疊字。如弔琵琶首折，剛彈了離鸞離鸞小引。忽變作求凰求凰新本。是也。翡翠句須仄仄平平仄仄平。句法六六七，七三，共五句，五韻。第三句下可以增句，而增句平仄須仄仄平平四字一句，增句不論多少。長生殿覓魂嘗增至二十四句。

遊四門

芰荷平野正窮秋◎新雁過南樓◎荷枯柳敗芙蓉瘦◎鷗鷺立溪頭◎幽◎霜降水痕收◎

前案，句法七五，七五，一五，共六句，六韻。後四句有作一五，二五者，非。一字句最要留意，如西廂之偏。宜貼翠花鈿。可以爲法。

錦橙梅

紅馥馥的臉襯霞◎黑髭髭的鬢堆鴉◎料應他必定是個中人△打扮的堪描畫◎顫巍巍的插着翠花◎寬綽綽的穿着輕紗◎兀的不風韻煞人也嗏◎是誰家◎我不住了偷眼兒抹◎

前案，句法六六，七五，七七，六三五，共九句，八韻。必字，上聲。插着，不住。皆上去。末句抹字。上聲。此調專爲小令用。但不常見。祇可以小山此作爲例。

三番玉樓人

風擺簷前馬◎雨打響碧窗紗◎枕剩衾寒沒亂煞◎不着我題名兒罵◎暗想他◎忒情雜◎等來家◎好生的歹門咱◎我將那廝臉兒上不抓◎耳輪兒揪罷◎我問你昨夜宿誰家◎

前案。句法五五，七，三三，三三，五，四四，五，共十一句，十一韻。亦無他曲可證。惟有謹守此格而已。沒字去聲。煞字上聲。夜宿去上。

太常引

斷塘流水洗凝脂◎早起索吟詩◎何處覓西施◎垂楊柳蕭蕭鬢絲◎(么篇換頭)銀匙藻井△粉香梅圃△萬瓦玉參差◎一曲樂天詞◎富貴似吳王在時◎

前案。句法七五，五七，四四五，五七，共九句，七韻。此調與詩餘同。四四兩句卽自首七字句變化，所謂換頭也。垂楊，富貴兩句。皆上三下四。

四季花

一年三百六十日◎花酒不曾離◎醉醺醺酒淹衫濕◎花壓帽簷低◎帽簷低◎喫了穿了是便宜◎

前案。句法七五，四五，三七，共六句，六韻。第三句有作六字句者。此調不常用。但遵此首平仄可也。

六幺遍 自述

不占龍頭選◎不入名賢傳◎時時酒聖△處處詩禪◎烟霞狀元△江湖醉仙◎笑談便是編修院◎留連◎批風切月四十年◎

前案。句法三三，四四，四四，七，二七，共九句，七韻。此喬吉作也。此調亦入正宮。但不同。正宮此調多入套曲。故不另列。開首第一字。例須用襯。如關漢卿作乍涼時候西風透之乍字朱廷玉作有林泉約雲山樂之有字。皆是。狀元句可叶可不叶。笑談句一作六字。如關作小院深閉清晝是也。

中呂原有九調。上小樓以下皆係新補。計共十四調。

迎仙客登樓

雕簷紅日低◎畫棟綵雲飛◎十二玉闌天外倚◎望中原△思故國△感慨傷悲◎一片鄉心碎◎

評曰：妙在倚字上聲起音。一篇之中，唱此一字。況務頭在其上。原，思字，屬陰。感慨上去，尤妙。迎仙客累百無此調也。美哉。德輝之才名不虛傳。

按迎仙客，亦入正宮，亦入南曲中呂。句法三三七，三三，四五，共七句，五韻。據第九法，末句應作仄仄平平去。此正合。

朝天子廬山

早霞◎晚霞◎粧點廬山畫◎仙翁何處煉丹砂◎一縷白雲下◎客去齋餘△人來茶罷◎

歎浮生指落花◎楚家◎漢家◎做了漁樵話◎

按朝天子，一入正宮，一入雙調。一名謁金門。句法，二二五，七五，四四五，二二五，共十一句，十韻。據第九法，末句應作仄仄平平去。此正合。

紅繡鞋 隱士

歎孔子嘗聞俎豆◎羡嚴陵不事王侯◎百尺雲帆洞庭秋◎醉呼元亮酒◎懶上仲宣樓◎功名不掛口◎

評曰：二詞對偶，音律，語句，平仄，俱好。前詞務頭在人字，後詞妙在口字，上聲。務頭在其上。知音傑作也。

按紅繡鞋，一名朱履曲，明施紹莘花影集中改名雙乘鳳，則南調也。句法六六，七，三三，五，共六句，六韻。此詞酒韻，可以不叶。另有別體。據第九法，末句應作仄平平去上。功字，與不字，未合。

前案，徐甜齋小令云，一榻白雲竹徑・半窗明月松聲・紅塵無處是蓬瀛・青猿藏火棗。黑虎聽黃庭．山人參內景．末語除山字應作仄聲外，餘悉合，可供參證也．

普天樂 別友

浙江秋△吳山夜◎愁隨潮去△恨與山疊◎鴻雁來△芙蓉謝◎冷雨青燈讀書舍◎怕離別可早離別◎今朝醉也◎明朝去也△留戀些些◎

評曰：妙在芙字屬陽。取務頭，造語，音律，對偶，平仄，皆好。看他用疊字與別字俱是入聲作平聲字。下得妥貼，可敬。冷雨二字，去上爲上。平上，上上，上去，次之。去去屬下著。讀書舍，方是別友也。又第八句是務頭。也字，上聲。好。

按普天樂，卽正宮之黃梅雨。與九宮大成譜高大石角內北普天樂，正宮內南普天樂，皆不相同。句法三三四四，三三七七，四四四，共十一句，八韻。此詞第二也字韻可不叶。第八句上三下四，有別體。據第九法，末句應作仄仄平平。此未盡合。前案，張小山作末三句云，斜陽薄霞．嬌雲嫩水。剩柳殘花．句格可以爲法。

喜春來春思

閑花醞釀蜂兒蜜◎細雨調和燕子泥◎綠窗蝶夢覺來遲◎誰喚起◎簾外曉鶯啼◎

評曰：調字，遲字，俱屬陽。妙。蜜字，去聲，好。切不可上聲。但要喚字去聲。起字，平上皆可。

按喜春來，亦入正宮。一名陽春曲。喬吉文湖州集詞，一名惜芳春。句法七七七，三五，共五句，五韻。大成譜另有增句格，名攤破喜春來。又如細雨，喚起，外曉，皆宜作去上。據第九法，末句應作仄仄仄平平。此未盡合。

前案，昔年余游河洛，作此調，末二句有云春做美。紫燕幾時歸。做美，去上。紫燕幾三字為上去上。似甚合法。可供參證也。

滿庭芳春晚

知音到此◎舞雩點也△修禊羲之◎海棠春已無多事◎雨洗胭脂◎誰感慨蘭亭古紙◎

自沉吟桃扇新詞◎急管催銀字◎哀絃玉指◎忙過賞花時◎

評曰：此一詞，取其平仄庶幾。若此字是平聲，屬第二著。喜羲字屬陰妙。可惜第四第五句，上下失粘。妙在紙字。上聲起音。扇字去聲取務頭。若是紙字平聲，屬第二著。扇字上聲。止可作折桂令中一對。多了急管二字不成調。得一意結之方好。吁，今之樂府難而又難。爲格之詞。不多見也。

按滿庭芳，亦入正宮，更入仙呂，與詩餘不同。句法四四四，七四，七七，三四五，共十句，九韻。據第九法，末句應作仄仄仄平平。此未盡合。第四第五兩句之平仄。歷驗元人之作，皆係如此。周氏謂其上下失粘。未知何說。第九句有作平平去平者。六七兩句應上三下四。

十二月堯民歌 別情

自別後遙山隱隱◎更那堪遠水粼粼◎見楊柳飛綿滾滾△對桃花醉臉醺醺◎透內閣香風陣陣◎掩重門暮雨紛紛◎〇怕黃昏忽地又黃昏◎不銷魂怎地不銷魂◎新啼痕壓舊

啼痕◎斷腸人憶斷腸人◎今春◎香肌瘦幾分◎摟帶寬三寸◎

評曰：對偶，音律，平仄，語句，皆妙。務頭在後詞起句。

按北曲中，在同一宮調內，音律又適銜接者。兩調三調連合而作一調，謂之某調帶過某調。帶過二字。或任用一字。或稱某調兼某調。或全略去。祇連寫二調之名，如此處之式。帶過曲調。爲前人已用者。共不過三十餘種。其不能任意配合可知。十二月亦入正宮。句法四四四四，七七，共六句，五韻。九宮大成譜云，十二月本四字，六句。二十四正字，二十四拍。因其字少拍多，或減一二板亦可。末二句亦有增三字，作七字句者。是爲近體。吳瞿安先生南北詞簡譜，謂是調爲通體四字句法。末二句，各譜皆作上三下四。句法雖唱時無礙。而論格則不合。此與下曲堯民歌皆快唱曲，可接快活三，再朝天子。則緊慢有序，爲中呂曲中最勝處也。

堯民歌，亦正宮。句法七七七七。二五五。共七句，七韻。大成譜取一襯字極多之例。立名曰百字堯民歌，據第九法，末句應作仄仄平平去。此正合。今春句，可加也波，或也麼等字。亦可作叠句。

四邊靜 西廂

今宵歡慶◎軟弱鶯鶯可曾慣經◎款款輕輕◎燈下交鴛頸◎端詳著可憎◎好殺無乾淨◉

評曰：務頭在第二句，及尾。可憎，俊語也。

按四邊靜，亦入正宮，亦入雙調。句法四七，四五，四五，共六句，六韻。第四句有作四字者，第五句有破作兩字二句者。

前又案，第五句如作二字句兩句，應叶韻。如馬謙齋曲。紅塵十丈．豈羨功名紙半張．漁樵閒訪．先生豪放．詩狂．酒狂．志不在淩煙上．是也。

醉高歌 感懷

十年燕市歌聲◎幾點吳霜鬢影◎西風吹老鱸魚興◎晚節桑榆暮景◉

評曰：妙在點節二字。上聲起音。務頭在第二句，及尾。

按醉高歌，一名最高樓。句法六六，七六，共四句，四韻。據第九法，末句應作平仄仄平平去上。但此作六字並不謬。以第一字平聲可作襯字讀也。

上小樓

特來見訪◎何須謙讓◎這錢也難買柴薪◎不彀齋粮△且備茶湯◎你若有主張△對豔粧△言詞說上◎我將你衆和尚死生難忘◎（么篇換頭也不要香積廚△枯木堂◎遠着南軒△離着東牆△靠着西廂◎近主廊△過耳房△都皆停當◎你是必休題着長老方丈◎

案句法四四，四四四，三三四六，么篇爲三三，四四四，三三四六，有主張三句。一作四字三句。么篇不可少。兩結句應用去聲字板。粮，張，粧，牆，廊，房，六句可叶，可不叶。

醉春風

紅袖霞飄彩◎翠裙香散靄◎都將竊玉偷香心△撤◎改◎半夜星前△五更月下△九霄

雲外。

案句法五五，七一一，四四四，共八句，五韻。偷香心應仄平平。亦可叶韻。此曲與詞同。惟詞疊三字。此疊二字而已。末句必叶去聲。

快活三

梨花白雪飄。杏蓴紫霞消。柳絲舞困小蠻腰。顯得東風急。

案句法五五，七五，共四句，四韻。急作上聲。此調末韻應以去聲。首二句用快板，第三句散板，第四句慢板。可見北詞抑揚緩急之妙。蓋此調常用爲緩急之過度。故往往緊接朝天子唱。

又案。過帶曲有快活三帶朝天子。快活三帶朝天子四邊靜。快活三帶朝天子四換頭。即將快活三作完後。接續作朝天子或朝天子四邊靜。或朝天子四換頭。朝天子與四邊靜既前見。茲不再列。他如十二月堯民歌。堯民歌可單獨作一小令。而十二月不能獨立也。快活三與朝天子。四邊靜。既能合爲帶過曲。亦能獨立各爲一小令。若四換頭。則不能獨立矣。

攤破喜春來

籬邊黃菊經霜綻◎囊裏青蚨逐日慳◎破情思晚砧鳴△斷愁腸簷馬韻△驚客夢曉鐘寒◎歸去難◎修一簡◎回兩字報平安◎

案此與喜春來不同。首二句爲喜春來本格。破情思三句爲本調煞。末三句仍用喜春來作收。攤破云者，增添字句之謂也，句法七七，六六六，三三五。共八句。六韻，三六字句。皆上三下三。

齊天樂帶紅衫兒

潛身且入無何◎醉裏乾坤大◎蹉跎◎和◎鄰友相合◎就山家酒嫩魚活◎當歌◎百無拘逍遙△千自在快活◎日日朝朝△落落拓拓◎酒甕邊行△花叢裏過◎沈醉後由他◎○今日紅塵在△明日青春過◎枉張羅◎枉張羅◎世事都參破◎飲金波◎飲金波◎一任旁人笑我◎

案此過帶曲也。惟兩調不能分立作小令。齊天樂亦入正宮。合，活，拓，皆入聲作平聲字。第四句一字叶韻。不可疏忽。紅衫兒第一句亦可叶韻。枉張羅有作三疊者。齊天樂句法六五，二一四，七二四四，四四，四四四，紅衫兒句法五五，三三五，三三六，共二十二句，十八韻。

南呂
原有二調。玉嬌枝以下新補。計共五調。

四塊玉

買笑金◎纏頭錦◎得遇知音可人心◎怕逢狂客天生沁◎紐死鶴△劈碎琴◎不害磣●

評曰：纏字屬陽。妙。對偶。音調。俱好。詞也可宗。務頭在第二句及尾。

按四塊玉句法三三，七七，三三三，共七句，六韻。別體甚多。據第九法，末句應作平去平。如作平去上。屬第二著。此處磣字上聲。北詞廣正譜謂末句必平去上。方別於罵玉郎之平平去。感皇恩之去平平。

又案紐死鶴句亦可叶韻。庚午之秋，余西游蜀，作此調云：蜀道難•須經眼•便上青天在今番·可憐已是飄零慣·露也寒·桂也殘·秋漸晚·任二北以爲最得元人神髓。末句元人似仍以作平去上者爲多。

罵玉郎感皇恩採茶歌 得書

長江有盡思無盡◎空目斷楚江雲◎人來得紙眞實信◎親手開△在意讀△從頭認◎○織錦迴文◎帶草連眞◎意誠實△心想念△話殷勤◎佳期未準△愁黛長顰◎怨青春◎捱白晝△怕黃昏◎○敍寒溫◎問緣因◎斷腸人憶斷腸人◎錦字香粘新淚粉◎彩箋紅漬舊啼痕◎

評曰：音律。對偶。平仄。俱好。妙在能字屬陽。紙字上聲起音。務頭在上。及感皇恩起句。又斷腸句上。

按罵玉郎。又名瑤華令。大成譜小石調內另有一體。句法爲七五七。三三三。共六句，四韻。有別體。感皇恩與詩餘不同。句法四四，三三三，四四，三三三，共十句，六韻。有別體。採茶歌。一名楚江秋。句法三三七。七七。共五句，五韻。大成譜另攤破採茶歌一體。據第九法，採茶歌末句應作平平仄仄仄平平。此未盡合。

又案採茶歌可單獨成一小令。罵玉郎與感皇恩。皆不可獨立。

玉嬌枝

休爭閑氣。都只是南柯夢裏。想功名到底成何濟。總虛華幾人知。百般乖不如一就癡。十分醒爭似三分醉。這的是人生落得。不受用圖箇甚的。

案一作玉交枝。句法四四七，六七七，四七，共八句，八韻。正音譜以四塊玉聯接書之。誤。落得。甚的。皆去上。不受用句。爲上三下四。

乾荷葉

南高峯。北高峯。慘淡烟霞洞。宋高宗。一場空。吳山依舊酒旗風。兩度江南夢。

案句法三三五，三三，七五，共七句，六韻。首句亦可叶。一名翠盤秋。此調劉秉忠所作也。借題別詠。詞品謂爲後世詞例。余嘗仿之。作遼陽鶴。曰。遼陽鶴。又歸來・望裏江山改・舊樓臺・盡蒿萊・如何金鎖竟沈埋・淚眼斜陽外・豫庠諸生屬而和之。得數十首。

閱金經

說着功名事△滿懷都是愁◎何似青山歸去休◎休◎從今身自由◎誰能彀◎一蓑烟雨秋◎

案此調句法五五，七一，五三五，共七句。六韻，又名金字經。亦入雙調。第二休字亦可用一平韻代。不必叠字也。如正音譜所收鮮于去矜小令云。宜・笙歌一片隨。是也。

正宮

原有二調。叨叨令以下新補。計共八調。

醉太平 感懷

人皆嫌命窘◎誰不見錢親◎水晶丸入麵糊盆◎纔沾粘便滾◎文章糊了盛錢囤◎門庭改做迷魂陣◎清廉貶入睡餛飩◎葫蘆提倒穩◎

評曰：窘字若平。屬第二著。平仄好。務頭在三對。末句收之。

按醉太平亦入仙呂。亦入中呂。一名凌波曲。與詩餘不同。句法四四，七四，七七七，四，共八句，八韻。有別體。據第九法，末句應作平平去上。此正合。前案。末句有用平聲收者。如小山作末句長吟去來。終覺不佳，未可從。

塞鴻秋春怨

腕冰消鬆却黃金釧◎粉脂殘淡了芙蓉面◎紫霜毫蘸濕端溪硯◎斷腸詞寫在桃花扇◎風清柳絮天◎月冷梨花院◎恨鴛鴦不鎖黃金殿◎

評曰：音律瀏亮。貴在却濕二字上聲。音從上轉。取務頭也。韻脚若用上聲。屬下著。切不可以傳奇中全句比之。若得天字屬陽更妙。在字上聲尤佳。

按塞鴻秋亦入仙呂。亦入中呂。大成譜中大石調內復有此名。但較之此調。則與南曲正宮所有者同一徼似而已。句法七七七七，五五，七，共七句，七韻。天韻可以不叶。與叨叨令之調同。惟五六兩對句在叨叨令為某某也麼哥叠句。大成譜於此調之襯字最多者別名曰百字塞鴻秋。據第九法，末句應作平平仄仄平平去。此正合。

叨叨令

白雲深處靑山下◎茅菴草舍無冬夏◎閑來幾句漁樵話◎困來一枕葫蘆架◎你省的也麽哥△你省的也麽哥△煞強如風波千丈担驚怕◎

案此調與塞鴻秋實是一樣。所異者僅也麼哥二語而已。此二句可不管文理爲之。通體皆叶去聲。切勿用上聲韻。也麼作也波亦可。

白鶴子

四邊風凜冽△一望雪模糊◎行過小溪橋△迷却前村路◎

案句法五五，五五，共四句，二韻。此調諸譜皆有換頭句法相同。因删去。作此曲者往往不止一首。

鸚鵡曲

儂家鸚鵡洲邊住◎是箇不識字漁父◎浪花中一葉扁舟△睡煞江南烟雨◎（么篇）覺來時滿眼青山△抖擻綠蓑歸去◎算從前錯怨天公△甚也有安排我處◎

案句法七七，七六，么篇又七六，七七，共八句，五韻。一名黑漆弩。甚也，我處，四字去上妙。第二句亦可作上四下三。如忠孝兩字報君父。是也。或作六字。如傾濁酒勸鄰父。想可不拘。

漢東山

香風瑞錦窩◎涼月素銀波◎蘭舟夜如何◎晚涼也末哥◎萬頃湖光鏡新磨◎小玉娥◎隔翠荷◎採蓮歌◎

案句法五五，五五七，三三三，共八句，八韻。也末哥句。似可不叶。否則非用歌戈韻不可。豈有此例乎。此調亦不常用。

甘草子

金風發◎颯颯秋風△冷落在闌干下◎萬柳稀重陽暇△看紅葉賞黃花◎促織兒啾啾添瀟灑△陶淵明歡樂煞◎耐冷迎霜鼎內插◎看雁落平沙◎

此薛昂夫小令也。句法三四五，五五七六，七四，共九句，六韻。暇，灑，皆可不叶韻也。陶淵明句一作上二下四。首句亦有作叠句者。

脫布衫帶小梁州

畫船兒滿載詩豪◎問先生何處遊遨◎水晶宮中聞品簫◎廣寒鄉盡回頭棹◎○分付魚龍穩睡着◎等閑間休放波濤◎老夫今夜放風騷◎搜詩料◎翻動水雲巢◎（么篇）一天星斗都顛倒◎愛銀蟾水底光搖◎我這里用手撈◎不覺的翻身落◎也是俺形神俱妙◎飛上紫金鰲◎

按此過帶曲也。脫布衫爲七七七七。四句，四韻。小梁州句法七四七三五。又么篇七七三三四五，共十一句，十一韻。着，平聲。爲，去聲。惟么篇可以不用。

商調

原有二調，玉抱肚以下新補。計共六調。

山坡羊 春睡

雲鬆螺髻◎香溫鴛被◎掩春閨一覺傷春睡◎柳花飛◎小瓊姬◎一片聲雪下呈祥瑞◎把團圓夢兒生喚起◎誰◎不做美◎呸◎都是你◎

評曰：意度平仄俱好，止欠對耳，務頭在第七句至尾，

按山坡羊一名蘇武持節，一稱坡山裏羊。本中呂曲調，借入商調耳，亦入黃鍾宮。南曲商調內亦有此牌。與此大同小異，句法四四七，三三七，七一三，一三。共十一句，十一韻。據第九法，末句應作平去平。末字作上聲。屬第二著。

又案末四句，中兩一字句，有不叶韻者，如張養浩懷古，生，人贊美。亡，人贊美。馬九皋苦雨，晴，也宜畫圖。陰，也宜畫圖．是也。疑可不拘。

梧葉兒 別情

別離易△相見難◎何處鎖雕鞍◎春將去△人未還◎這其間◎殃及殺愁眉淚眼◎

評曰：如此方是樂府，音如破竹，語盡意盡，冠絕諸詞，妙在這其間三字，承上接下，了無瑕疵，殃及殺三字，俊哉語也，若眼字上聲，尤妙，平聲屬第二著。

按梧葉兒亦入仙呂，一名知秋令，喬吉文湖州集詞則作碧梧秋，句法三三五，三三，三七，共七句，五韻。有別體，其襯字極多者名百字知秋令，據第九法，末句應作平仄仄平平去上。末字作平。屬第二著。

又案百字知秋令不常作小令，茲錄於此，不另列目。王和卿詞云，絳蠟殘半明不滅・寒灰看時看節落・沈烟燼細里末里微分間卽里漸里消・碧紗窗外風弄雨昔留昔零打芭蕉・惱碎芳心近砌下啾啾唧唧寒蛩鬧・驚回幽夢丁丁當當簷間鐵馬敲・半欹單枕乞留乞良捱徹今宵・只被這一弄兒淒涼斷送的愁人登時間病了・

玉抱肚

休來這里閑嗑◎俺奶奶知道罵我◎逞甚麼嘍囉◎當初有箇鄭元和◎早收心休戀我◎

案小令所用玉抱肚大都如是，句法四七，五七，六，共五句，五韻。以令曲論當以此爲正格。大成譜論云，小令章句雖短，勿以減句論，如商政叔渭城客舍之式，宜於散套者，不再列擧。

秦樓月

尋芳屨◎出門便是西湖路◎西湖路◎傍花行到△舊題詩處◎（么篇換頭）瑞芝峯下楊梅塢◎看松未了催歸去◎催歸去◎吳山雲暗△商量又雨◎

案此卽詩餘之憶秦娥，句法三七，三四四，七七，三四四，共十句，八韻。西湖路，催歸去，皆應叠，小山此作，可以爲法。

桃花浪

朔南貢賦通◎萬方朝覲同◎兩階干羽奏笙鏞◎黎民感恩雨露中◎乾坤交泰△頌歌于業告成功◎

案此見中和樂章，無他曲可較，大成譜未收。句法五五，七七，四七，共六句，五韻。曲中並無襯字，調亦諧美。

望遠行

悶拂銀箏暫也那消停◎響瑤階風韻清◎忽驚起瀟湘外寒雁兒叫破沙汀◎支楞的淚濕絃初定◎絃初定◎銀河淡月明△相思調再整◎驀感的花陰外那箇人聽◎高力士訴與實情◎金鐃兒謔的人孤另◎

案此李唐賓小令也，此調從瞿安先生北簡譜。句法七五，七五，三三，四七，七七，共十句，九韻。第一句第四字唔叶應注意。絃初定可不叠。淡月明句亦可叶韻。

越調

原有四調，糖多令以下新補。計共六調。

天淨紗 秋思

枯藤老樹昏鴉◎小橋流水人家◎古道西風瘦馬◎夕陽西下◎斷腸人在天涯◎

評曰：前三對，瘦馬二字去上，極妙，秋思之祖也。

按天淨紗，一名塞上秋，句法六六六，四六，共五句，五韻。據第九法，末句應作平平仄仄平平。此未盡合。

小桃紅 情

斷腸人寄斷腸詞◎詞寫心間事◎事到頭來不由自◎自尋思◎思量往日眞誠志◎志誠是有△有情誰似◎似俺那人兒◎

評曰：頂眞妙，且音律諧和。

按小桃紅一名武陵春，採蓮曲，又名絳桃春，平湖樂，則見王惲秋澗樂府，句法七五，七，三七，四四五，共八句，七韻。據第九法，末句應作仄仄仄平平。此正合。又案志誠是有句，亦可叶韻。此兩四字句，有祇用一語者，不可從。

凭闌人 章臺行

花陣贏輸隨鏝生◎桃扇炎涼逐世情◎雙郎空藏瓶◎小卿一塊冰◎

評曰：陣有贏輸，扇有炎涼俊語也，妙在小字上聲，務頭在上，鏝世二字去聲，皆妙。

按凭闌人與屬道宮者不同，與南曲越調引子則同。句法七七，五五，共四句，四韻。據第九法，末句應作仄平平去平。此未盡合。

又按此調如張小山詞云，江水澄澄江月明·江上何人搊玉箏·隔江和淚聽·滿江長歎聲·及姚燧詞云，欲寄君衣君不還·不寄君衣君又寒·寄與不寄間·妾身千萬難·並佳。與字作平聲讀，則諧矣。

寨兒令 漁夫

烟艇閑◎雨蓑乾◎漁翁醉醒江上還◎啼鳥關關◎流水潺潺◎樂似富春山◎數聲柔櫓江灣◎一鈎香餌波寒◎回頭觀兔魄△失意放魚竿◎看◎流下蓼花灘◎

評曰：緊要在兔魄二字，去上取音，且看字屬陰，妙，還字平聲，好，若上聲紐，屬下下著。

按寨兒令，一名柳營曲，與屬黃鐘宮者不同，句法三三七，四四五，六六，五五，一五，共十二句，十一韻。一字句有用嗏字呀字者，似為一格，但作者多隨韻轉換，則非此格矣，據第九法，末句應作仄仄仄平平。此未盡合。南北詞簡譜云，第三句須作仄平仄平平仄平。

糖多令

躍馬定神京◎王師取太平◎發神機雨雹風霆◎十萬鐵衣同効力△開水寨下江城◎

案句法五五七，七六，共五句，四韻。與詩餘同，不入套數，亦專用作小令也，此首見中和樂章。

黃薔薇慶元貞

步秋香徑晚◎怨翠閣衾寒◎笑把霜楓葉揀◎寫罷衷情興懶◎○幾年月冷倚闌干◎半生花落盼花顏◎九重雲鎖隔巫山◎休看◎作等閑◎好去到人間◎

此亦過帶曲也，黃薔薇五五，六六，共四句，四韻。慶元貞七七，七二，三五，共六句，六韻。黃薇薔首二句須對，又須上一下四。徑晚，翠閣，笑把，葉揀，與懶皆去上，寫罷上去，宜從之。

雙調

原有十一調，河西六娘子以下新補。計共三十五調。

沉醉東風　漁父

黃蘆岸白蘋渡口◎綠楊堤紅蓼灘頭◎雖無刎頸交◎卻有忘機友◎點秋江白鷺沙鷗◎傲殺人間萬戶侯◎不識字煙波釣叟◎

評曰：妙在楊字屬陽，以起其音，取務頭。殺字上聲，以轉其音。至下戶字去聲，以承其音，緊在此一句，承上接下，末句收之，刎頸二字若得去上聲尤妙，萬字若得上聲更好。

按沉醉東風與南曲仙呂宮所有者不同，句法六六，三三，七，七七，共七句，六韻。首二句作七字者多，倘另有別體。據第九法，末句應作平仄仄平平去上。此正合。七字句或上三下四，或上四下三，應分別從之。

落梅風　切膾

金刀利◎錦鯉肥◎更那堪玉葱纖細◎若得醋來風韻美◎試嘗著這生滋味◎

評曰：第三句承上二句，第四句承上三句，至末句緊要美字上聲爲妙。以起其音，切不可平聲，錦鯉二字，若得上去聲尤妙。

按落梅風一名壽陽曲，與南曲小石調引子落梅風異，句法三三七，七七，共五句，五韻。首句可不叶。另有增字別體，據第九法，末句應作仄平平仄平平去。此處著字作平正合。

參看下文慶東原評。

撥不斷　隱居

利名竭◎是非絕◎紅塵不向門前惹◎綠樹偏宜屋角遮◎青山正補牆頭缺◎竹籬茅舍◎

評曰：務頭在三對，急以尾收之。

按撥不斷一名續斷絃，喬吉文湖州集詞作錢絲絃，句法三三，七七七，四，共六句，六韻。有別體。據第九法，末句應作仄平平仄平平去。七字句。但元人之作。大抵四字。作仄平平去可也。

水仙子 夜雨

一聲梧葉一聲秋◎一點芭蕉一點愁◎三更歸夢三更後◎落燈花棋未收◎嘆新豐逆旅淹留◎枕上十年事△江南二老憂◎都到心頭◎

評曰：賦者甚多，但第二句第五字，第六字及棋未二字，幷二老二字，但得上去爲上，平去次之，平上，下下著。惜哉此詞，語好而平仄不稱也。

按水仙子亦入中呂宮與南呂宮，一名湘妃怨，一名淩波仙，一名馮夷曲。句法七七七，五七，五五四，共八句，七韻。有別體。又另有商調水仙子，與黃鐘調內古水仙子，皆與此異。南曲大石調引子內亦有此調名，其句法則與此相異。據第九法，末句應作仄仄平平。此未盡合。

慶東原 奇遇

參旗動△斗柄挪◎爲多情攬下風流禍◎眉攢翠蛾◎裙拖絳羅◎襪冷凌波◎耽驚怕萬千般△得受用些兒箇◎

評曰：冷字上聲妙。務頭在上。轉急以對收。斗柄二字上去妙。落梅風得此起二句平仄，尤妙。

按慶東原，一名鄆城春，見喬吉文湖州集詞。原一作圜。句法三三七，四四四，五五，共八句，六韻。四五二句，可叶仄，有別體。據第九法，末句應作仄仄平平去。此正合。

雁兒落得勝令 指甲

宜將鬥艸尋△宜把花枝浸◎宜將繡線勻◎宜把金針紝◎○宜操七絃琴◎宜結兩同心◎宜托腮邊玉△宜圈鞋上金◎難禁◎得一掐通身沁◎知音◎洽相思十箇針◎

評曰：俊詞也。平仄，對偶，音律，皆妙。務頭在德勝令起句。頭字要屬陽，且其中一對後，必要扇面對方好。

按原本勻亦作尋，茲從陸鈔本。兩調既屬雙調，亦入商調。雁兒落，一名平沙落雁，明人亦稱鴻歸浦。句法五五五五，共四句，三韻。德勝令本作得勝令，一名凱歌回，一名陣陣贏。句法五五，五五，二五，二五，共八句，七韻。調極俊整。較之雁兒落多四句耳。有於起處增一呀字格者，亦足增文情。據第九法，末句應作平平上去平。此正合。又按。得勝令可獨作小令一首。而雁兒落亦可帶清江引。清江引見下文。

殿前歡 醉歸

醉歸來。入門下馬笑盈腮。笙歌接至朱簾外。夜宴重開。十年前一秀才。黃虀菜。打熬做文章伯。江湖氣概。風月情懷。

評曰：妙在馬字上聲，笑字去聲。一字上聲，秀字去聲。歌至才字音促。黃字急接。且要陽字好。氣概二字若去上尤妙。三對者非也。自有三對之調。伯字若得去聲尤妙。

按殿前歡。一名鳳將雛，鳳引雛，燕引雛，小婦孩兒。句法三七，七四，五三五，四四，共九句，九韻。第八句可不叶，另有別體。據第九法，末句應作仄仄平平。此未盡合。

慶宣和 五柳莊

五柳莊前陶令宅◎大似彭澤◎無限黃花有誰戴◎去來◎去來◎

評曰：妙在彭字屬陽。僅二十二字。愈少字愈難作。五言絕句法也。佳詞。與雁兒同意。

按雁兒一調。已見上文。慶宣和句法七四，七二二，共五句，五韻。宅字澤字皆入作平，另有別體。據第九法，末句應作去上。去平屬第二著。

賣花聲 香茶

細研片腦梅花粉◎新剝眞珠荳蔻仁◎依方修合鳳團春◎醉魂清爽△舌尖香嫩◎這孩兒那些風韻◎

評曰：俊詞也，務頭在對起及尾。

按賣花聲與詩餘不同，本中呂調，借入雙調。一名昇平樂，亦用作煞，則稱賣花聲煞。喬吉文湖州集詞又稱秋雲冷。或秋雲冷孩兒。句法七七七，四四七，共六句，五韻。據第九法，末句應作仄平平仄平平去。此正合。

前近作淸江引壺之銘云，飲虹主人壺在儿。詩思茶煙裏。珠光鳳餅肥。梅粉龍團細。誰向玉川誇後起。珠光梅粉，卽本此詞意。

淸江引 九日

蕭蕭五株門外柳◎屈指重陽又◎霜淸紫蟹肥△露冷黃花瘦◎白衣不來琴當酒◎

評曰：柳酒二字上聲，極是，切不可作平聲。曾有人用拍拍滿懷都是春，語固俊矣，然歌爲都是蠢，甚遭譏誚。若用之於攬箏琴。以四字琴之。有何不可。第三句切不可作仄仄平平，屬下著。

按淸江引一名江兒水，南曲同此。句法七五，五五，七，共五句，四韻。據第九法，末句應作平平仄平平去上。此未盡合。亦有作平仄仄平平去上者，如小山之池上翠亭人笑語。獨醉一樽桑落酒皆是。

折桂令 金山寺

長江浩浩西來◎水面雲山◎山上樓台◎山水相連△樓台上下△天地安排◎詩句就雲山失色◎酒杯寬天地忘懷◎醉眼睜開◎回首蓬萊◎一半雲遮△一半烟埋◎

評曰：此詞稱賞者衆。妙在色字上聲。以起其音。平聲便屬第二著。平聲若是陽字，僅可，若是陰字愈無用矣。歌者每歌天地安排爲天巧安排。失色爲用色。取其便於音而好唱也。改此平仄極是。然前引雲山，天地。後說雲山失色。天地忘懷。若此刻損其意。失其對矣。安排上天地二字。若得去上爲上。上去次之。餘無用矣。蓋務頭在上。失色字若得去上爲上。餘者風斯下矣。若全句是平平上上，歌者不能改矣。烏乎，前輩尚有此失，後學可不究乎。

按折桂令別名有七。折桂回。蟾宮曲。蟾宮引。步蟾宮。廣寒秋。秋風第一枝。句法可以增損，多者或至十七句。白賁作一體十一句者，連襯墊共有百字，遂名百字折桂令。此詞廣正譜將蟾宮曲之名專屬某種別體，在元人實與折桂令一名混用也。此爲普通十二句，八韻之一體。句法六四四，四四四，七七，四四，四四。共十二句，九韻。據第九法，末句應作仄仄平平。此正合。

河西六娘子

天生下一捻兒玉娉婷◎都道是能傾國又傾城◎乍相逢問不的名和姓◎笑臉乍春生◎閒把畫闌憑◎比那觀音少淨瓶◎

按句法爲七六，八五，五六，共六句，六韻。是爲正格。亦有將第二句作七字上三下四者。如大成譜所收雍熙樂府二曲，一云有丹青難畫難描。一云穿一套素縞衣裳是也。而笑臉乍春生二語，亦有代以叠句者，均可不拘。此用在小令，少入套數。

步步嬌

憶盼了蕭郎無歸計◎悶把牙兒抵◎空歎息◎聽得中門外玉驄嘶◎轉疑惑◎元來鳥啼得瑯玕碎◎

案句法七五，三七，三五，共六句，六韻。與南曲無異，但南曲第三句作五字句，惑字平聲，末句須用去聲收。

阿納忽

山上種些桑麻◎。湖上覓些生涯◎。枕上聽些鼓吹鳴蛙◎。江上聽些琵琶◎。

案卽阿忽令，納又作那，句法四四，六四，四句，四韻，極整齊可誦。可以取爲定式。

梅花酒

年紀又半百過◎。壯志也蹉跎◎。鬢髮也都皤◎。人生有幾何◎。日月似擲梭◎。得魔駝處且魔駝◎。

案此曲最難訂正，以第二三句之四字句，第四五句之五字句，及末句之六字句，可隨意增加。句法三四四，五五，六，共六句，六韻。廣正譜列爲九格，實則可以用此式疏明也。

太平令

丹臉上胭脂勻膩◎翠盤中綵袖低垂◎寶髻上金釵斜墜◎露綬底珍珠絡臂◎見娘行舞低◎羽衣◎整齊◎歡喜煞唐朝皇帝◎

案句法六六，六六，二二二，六，共八句，八韻。二字句三句用短柱法，可隨意增加，不拘多少。

新時令

鄭元和△當初有家緣◎騎駿馬△來過粉牆邊◎一段風流△佳人二八年◎四目相窺△才郎三墜鞭◎心堅石也穿◎如魚似水效鶼鶼◎郎君夢撒氈◎鴇兒苦愛錢◎瓦罐爻搥△淒涼受萬千◎夜宿悲田◎則爲李亞仙◎

此無名氏小令也。無他曲可證。句法三五，三五，四五，四五，五七，五五，四五，四五，共十六句，十一韻。

十棒鼓

將茅菴蓋了◎獨木爲橋◎擂一壺好酒△閒訪漁樵◎洞門半掩半掩無鎖鑰◎白雲籠罩◎香風不動松花落◎平生吟笑◎青松影裏影裏沈醉倒◎唱山歌野調◎納被蒙頭直到曉◎有甚煩惱◎

案廣正譜以半掩，影裏作正字，實誤。句法四四，四四，七四，七四，七四，七四，共十二句，十一韻。納字去聲，直字作平。

秋江送

財和氣△酒和色◎四般兒很利害◎成與敗◎興又衰◎斷送得利名人兩鬢白◎將名韁自解◎利鎖頓開◎不索置田宅◎何須趲金帛◎則不如打稽首疾忙歸去來◎人去了也北邙山上丘土裏埋◎

此調亦可入商調，在元曲中亦別無他曲可較，句法三三五，三三七，四四，五五，七七，共十二句，十一韻。色字，不索皆上聲，白，宅，帛，疾，並作平。

大德歌

風飄飄◎雨蕭蕭◎便做陳摶睡不着◎懊惱◎傷懷抱◎撲簌簌淚點拋◎秋蟬兒噪罷寒蛩兒叫◎淅零零細雨打芭蕉◎

案句法三三五，二三五，七五，共八句，八韻。首句應作仄平平，風字誤，著字平韻，懊惱亦應叶韻。

祆神急

珠簾閒玉鉤◎寶篆冷金獸◎銀箏錦瑟△生疏了絃上手◎恩情如紙葉薄△人比黃花瘦◎雕鞍去△眉黛愁◎數歸期三月三△不覺的又過了中秋◎

案句法五五，四五，五五，三三，五四，共十句，六韻。歸期句有作七字者，作上四下三，想可不拘，廣正譜末句作六字誤。

楚天遙

花開人正歡△花落春如醉◎春醉有時醒△人老歡難會◎一江春水流△萬點楊花墜◎誰道是楊花△點點離人淚◎

案此調無他可證，句法五五，五五，五五，五五，共八句，四韻。

播海令

烏帽歪◎醉眼開◎心快哉◎想賢愚今何在◎雲遮了庾亮樓△塵生滿故國臺◎幸有金尊解愁懷◎高歌歸去來◎

案諸譜於此調不分正襯，句法三三三，六六六，七五，共八句，七韻。

青玉案

插宮花飲御酒同歡樂◎功勞簿上寫着也麽哥△萬載標名麒麟閣◎封妻廕子△進祿加

官△想人生一世了◎

案與詩餘同，但多也麼哥三字作格耳。樂，去聲，着，作平，亦必叶韻，末句或用仄仄平平去，亦可。句法七九，七四，四五，共六句，四韻。

殿前喜

謫仙醉眼何曾開◎春眠花市側◎伯倫笑口尋常開◎荷鍤埋◎妨何礙◎糟邱高壘葬殘骸◎先生也快哉◎

案此調作者極少，只可依樣填之。句法七五，七三三，七五，共七句，七韻，側，伯，皆上聲。

皂旗兒

炕煖窗明草舍低◎誰及◎周公枕上夢初回◎呀△周公枕上夢初回◎嗏△直睡到上三竿紅日◎

案此調與越調酒旗兒不同，第五句止叠夢初回三字，亦用呀字，定格。嗏，亦可作呀，或別一協韻字代。句法七二，七一七，一七，共七句，五韻。

枳郎兒

訪仙家◎訪仙家◎遠遠入烟霞◎汲水新烹陽羨茶◎瑤琴彈罷◎滿園金粉落松花◎

此柴也愚小令也。似商調浪裏來，元曲無他首可證。句法三三五，七，四七，共六句，六韻。

華嚴讚

花迎劍佩◎柳拂旌旗◎扇開雉尾五雲飛◎香散染朝衣◎仰光輝◎願 皇帝萬萬歲◎

明，楊文奎作。句法四四，七，五三，五，共六句，六韻。末句應作平平平仄仄。

得勝樂

玉霞玲玲蛩吟砌◎落葉西風渭水◎寒雁兒長空嘹唳◎陶元亮醉在東籬◎

案此與得勝令不同，作令曲不用換頭，故删。句法七六，七六，共四句，四韻。

山丹花

昨朝滿樹花正開◎蝴蝶來◎蝴蝶來◎今朝花落委蒼苔◎不見蝴蝶來◎蝴蝶來◎

案句法七三三，七五三，共六句，六韻。大成譜删末句之叠句，又以不見作襯，似嫌武斷，姑存其說可耳。

魚遊春水

角門兒關◎夜香殘◎空着人△直等到更闌◎他今夜不來呵咱身上慢◎閃的我孤單孤單不曾慣◎鮫綃淚不乾◎

此調亦入小石調。句法三三三四，七七，五，共七句，六韻。空着人亦可叶，末句可叠。

驟雨打新荷

綠葉陰濃△偏地亭水閣△偏趁涼多◎海榴初綻△朵朵蹙紅羅◎乳燕雛鶯弄語△有高柳鳴蟬相和◎驟雨過◎似瓊珠亂撒△打遍新荷◎(幺篇換頭)人生百年有幾△會良辰美景△休放虛過◎富貴前定△何用苦張羅◎命友邀賓宴賞△飲芳醑淺斟低歌◎且酩酊△從教二輪△來往如梭◎

案此與詩餘同。句法四五四，四五，六七，三五四，共十句，五韻。幺篇六五四，四五，六七，三四四，共十句，四韻。從來不入套數，專爲小令用者。正音譜脫去換頭。

河西水仙子

好花羞上老人頭◎年老簪花不會羞◎賞花不趁春光秀◎到花殘蝶也愁◎

案此體卽水仙子之前半首，因減去後半首，故加河西二字別之。句法七七，七五，共四句，四韻。

搗練子

兀的不驚了七魄△諕了三魂◎我見則見湯哥兒弔得不沾塵◎告哥哥說緣因◎怎麼的惹禍根◎

此與詩餘同。句法三三七，三三，共五句，四韻。惟詞作二疊，曲只單調，且末二句皆三字句叶韻，較詞略異耳。

春閨怨

絳蠟高燒△銀屏倦倚◎沈香火煖翠簾低◎尊前冷落藏鬮戲◎人未回◎何處尋梅◎風雪畫橋西◎

此曲分配去上頗勝。句法四四，七七，三四五，共七句，六韻。

黃鐘

原書未備，新補。計共五調。

刮地風

莫唱陽關且住者◎怕聽三疊◎雕鞍去後早來些◎爭忍離別◎舞臺歌榭好天良夜◎美滿恩情等閑拋撇◎鴛鴦簡再摺◎平安字怎寫◎即漸里瘦了人也◎

句法七四，七四，七七，五五，四，共九句，九韻。此調向來聚訟紛如，蓋爭忍離別一句下，可任加四字句，疊，別，皆平聲，舞臺二七字句，應上三下四，此下五字二句，或作三字二句，又四字一句，五字一句，以四字句收，如炎氣浮。日影晡。送長天落霞孤鶩。掃纖塵淨太虛。見冰輪飛出雲衢。末句可以平聲字收，作去上平平最佳。

節節高

雨晴雲散△滿江明月◎風微浪息△扁舟一葉◎半夜心△三生夢△萬里別◎悶倚篷窗睡些些◎

句法四四，四四，三三三，六，共九句，四韻。韻用車斜，故多用入聲字叶，月，葉，別

，皆韻，收語則平聲也，亦有用仄韻者，浪魚，萬里，悶倚，去上聲，一葉上去聲，宜從
。

晝夜樂

游賞園林酒半酣◎停驂◎停驂看山市晴嵐◎飛白雪楊花亂糝◎愛東君繞地裏將詩探◎聽花間紫燕呢喃◎景物堪◎當了春衫◎當了春衫◎醉倒也應無憾◎（么篇換頭）利名◎利名誓不去貪◎聽喈曾參◎曾參他暮四朝三◎不飲呵鶯花笑俺◎想從前枉將風月擔◎贏得鬢髮藍鬖◎江北江南◎江北江南◎再不被多情賺◎

句法七二，七四，七七，三四，四六，十句，十韻。么篇二六，二七，四七，六四四六，亦十句十韻，共十二句，十二韻。換頭利名字應叶，此誤。是調糢糊已久，作者據此以塡詞可也。

八月圓

西風吹得閒雲去△飛出爛銀盤◎洞陰淡淡△荷香冉冉△桂影圓圓◎（么篇換頭）鴻都人遠△霓裳露冷△鶴羽天寬◎文生何處△瑤臺夜永△誰駕青鸞◎

句法七五，四四四，五句，二韻。么篇四四，四四，四四，六句，二韻，共十一句，四韻，與詩餘同，自吳激作此，北人喜歌之，遂以入曲。

賀聖朝

春夏間◎偏郊園桃杏繁◎用盡丹青圖畫難◎道童將驢鞴上鞍◎忍不住只恁般頑◎將一個酒葫蘆楊柳上拴◎

句法三六，七七，六六，共六句，六韻。諸譜皆誤，作者可依此式塡。余有人日感舊游曲云，遊錦城·記今朝詩酒盟·舍北村南春水生·杜陵祠堂夜不扃·只落得柳外鷗零·幾個小黃鸝啼了數聲·

大石

原書未備，新補。計共三調。

百字令

柳嚲花困◎把人間恩怨△樽前傾盡◎何處飛來雙比翼△直是同聲相應◎寒玉嘶風△香雲捲雪△一串驪珠引◎元郎去後△有誰著意題品◎

此調一名念奴嬌，與詩詞同，不必用換頭。句法照此，四五四，七六，四四，五四六，共十句，五韻。雙比翼句亦可叶。

歸塞北

人鬧處△忽見一多嬌◎一點櫻桃樊素口△半圍楊柳小蠻腰◎雲鬢嚲金翹◎

即調中望江南也，用原名反意，如新婆子之名美臉兒。句法三五，七七，五，共五句，三韻。首句亦可叶，雙疊者句法同，故不錄。

初生月兒

初生月兒一似弓◎夢裏相逢恩愛同◎覺來時錦被一半兒空◎去無蹤◎難再逢◎窗兒外燭影搖紅◎

此調句法七七，七，三三七，共六句，六韻。余過伊闕，嘗譜此曲云，延和太平去不還·把片石留與人間淚眼看·荒荒古月野寺寒·望長安·度玉關·消魂處半壁江山·

小石 原書未備，新補。計共二調。

青杏兒

風雨替花愁◎雨風過花也應休◎勸君莫惜花前醉△今朝花謝△明朝花謝△白了人頭◎（么篇換頭）乘興兩三甌◎揀溪山好處追遊◎但教有酒身無事△有花也好△無花也好△選甚春秋◎

在大石名青杏子，實同一調也。句法五，六，七四四四，六句，三韻。么篇五六，七四四四，六句，三韻。共十二句，六韻。莫惜去上。

天上謠

日月走東西◎烏兎搬昏晝△把光陰攛斷的疾◎轉回頭物換星移◎歎人生何苦驅馳◎算來名利◎窮通得失△有甚希奇◎只不如拂却是非心△收拾圓中計◎

此調只一曲，他無可證，烏兎句與日月句對，則亦宜用韻，所謂逢雙必對，未有上句用韻而下句不叶者也。日，月，物，皆去聲。得，失，拂却，皆上聲。

廣中原音韻小令定格卷下

金陵盧前冀野

南曲之部 原書無南曲。此卷新補。

仙呂 計十調。

皂羅袍

翠被今宵寒重◎聽蕭蕭落葉△亂走簾櫳◎堆枕香雲任鬅鬆◎不知溜却金釵鳳◎惱人堦下△淒淒候蟲◎驚心樓上△噹噹曉鐘◎無端晝角聲三弄◎

句法六，五四，七七，四四，四四七，共十句，七韻。落字溜字可用平聲，堦字樓字可用仄聲。亂走去上聲，枕字惱字曉字上聲，候字去聲俱妙。

桂枝香

書生愚見◎忒不通變◎不肯坦腹東牀△漫自去哀求金殿◎想他每就裏△他每就裏△

將人輕賤◎非爹胡纏◎怕殺人傳◎道你是相府公侯女△不能勾嫁狀元◎

句法四四，六六，四四，四四，三五五，共十一句，七韻。他每句須叠，就裏是仄平，非去上也。昔年予過虎邱，嘗爲此調曰，劍池憑望，吳天無恙。最難忘西子粧台，倘留下銷魂模樣，指紅梅半山，指紅梅半山・裝點出眞娘遺像。鴛鴦生壙。更訪乞花場，前代風流事・重來話冷香・可以參證。

排歌

黯黯雲迷△寒天暮景◎區區水涉山登◎蕭蕭黃葉舞風輕◎這樣愁煩下慣經◎不忍聽△不美聽△聽得胡笳野外兩三聲◎風力勁◎天氣冷◎一程分做兩程行◎

句法四四，六七，七三三，七三三七，共十一句，八韻。景字可用平韻，不忍聽，風力勁，作平平仄亦可。

傍妝臺

晝初長◎只見銜泥來往燕兒忙◎聽高柳蟬聲細△堆角黍慶端陽◎見十里湖光好△菡萏花開放◎三伏景△宜共賞◎等閒莫負水亭涼◎（換頭）宜人恩德浩如天◎已分今生欲報更無緣◎既大廈相遮庇△又六事每周全◎常早晚廝陪伴△尋活計相扶援◎光陰換△歲月遷◎等閒綠鬢變華顛◎

句法三七，五五，五五三三七，計九句。換頭七七，五五，五五，三三七計九句，共十八句，十二韻。

解三酲

待寫下滿懷愁悶◎更說與外人不信◎迴文錦圖織不盡◎空訴與斷腸人◎幾番待撇尋思別事因◎爭奈一夜歡娛百夜恩◎今番病◎非因害酒△只爲傷春◎（換頭）海棠嬌等閒憔悴損◎又不見當時花下人◎東風不管離人恨◎苦吹散楚台雲◎如癡似醉悠悠勞夢魂◎恨不得一上青山立化身◎今番病◎非因害酒△只爲傷春◎

句法七七，七六，七七，三四四。又么篇換頭七八，七六，七七，三四四，共十八句，十六韻。解三醒正體，么篇可以不用，或作解三醒，非也。

醉羅袍

（皁羅袍）塵蒙鸞鏡△也只爲君◎寒生鴛枕△也只爲君◎離愁萬種千般恨◎（醉扶歸）畫樓獨倚鐙挑盡◎香衾半擁夢難成◎暗想當年締姻親◎玉貌多風韻◎

句法七七，七五，四四，四四，七，共九句，七韻。又名醉翻袍，此犯本宮之調，可謂集曲之少者。

一封書

一從你去離◎我家中常念你◎功名事怎的◎想多應折桂枝◎幸得爹孃和媳婦△各保安康無禍危◎見家書△可知之◎及早回頭莫更遲◎

句法五六，五六，七七，三三七，共九句，七韻。明金鑾嘗爲此詞云，青溪畔小園，任荒蕪種幾年，黃庭畔小箴，任生疏寫半篇，分來紅藥春前好，摘去青葵雨後鮮。又不顚。又不仙。拾得榆錢當酒錢。予嘗呼之爲白嬶體。

解袍歌

（解三酲）沒來由擔萬死爲他尋訪◎却將俺美前程一旦都搶◎俺這里忍酸含苦忙偷望◎他那里悄低頭把訕臉遮藏◎（皂羅袍）一個彊鬆縷帶△一個軟貼繡裳◎一個眉兒半皺△一個心性忒慌◎只聽得枕邊掉下金釵響◎（排歌）流蘇顫△鳳枕忙◎斜舒玉臂抱檀郎◎奴把今宵樂△權讓與前世孃◎明朝依舊上奴床◎

句法七七，七七，四四，四四，七，三三七，三三七，共十五句，十一韻。第四句一作六字句。擔萬死改作仄平平，性字改作平聲，乃順。

月兒高

看偏閑花草◎爭如自家好◎這樣風流事△那個人不好◎才子共佳人△如今正年少◎看他筵席上△兩處傷懷抱◎

一名誤佳期。句法五五，五五，五五，五五，共八句，五韻。才字，他字，可用仄聲。那字，兩字，可用平聲。好字，好字，少字，抱字上去去上韻間用，妙甚。

月雲高

（攤破月兒高）路途勞頓◎行行甚時近◎未到得洛陽縣△那盤纏使盡◎回首孤墳△空教我望孤影◎他那里誰俅采△俺這里將誰投奔◎（渡江雲）正是西出陽關無故人◎須信道家貧不是貧◎

句法四五，五四，四五，六五，七七，共十句，七韻。行行二字，西字須字，可用仄聲，他那里句作仄仄平去平平亦可，路字去聲妙，使盡二字，上去聲妙。

羽調計一調。

勝如花

辭親去△別淚零◎豈料登山驀嶺◎只因他寄簡傳書△反教人離鄉背井◎未知道何日

歡慶◎愁只愁一程兩程◎況不聞長亭短亭◎暮止朝行◎趲長途曲徑◎休辭憚跋涉奔競◎願身安早到神京◎願身安早到神京◎

句法三三，六七七，七七七，四五，七七七，共十三句，十一韻。寄簡，背井，暮止，去上聲。早到上去聲，俱妙。換頭與此皆同，論者謂此調腔極可愛。

正宮計三調。

玉芙蓉

胸中書富五車△筆下句高千古◎鎮朝經暮史△寐晚興夙◎擬蟾宮折桂雲梯步◎待求宮奈何服制拘◎教人怨△怨不沾寸祿◎望當今聖明天子詔賢書◎

句法五五，五四，七七三四十，共九句，六韻。而首句往往用韻。求官，奈何，往往作仄仄平平。十字句，疑望當今三字爲襯字。

錦纏道

髻雲堆◎珠翠簇蘭姿蕙質◎香肌稱羅綺◎黛眉長盈盈照一泓秋水◎鞵直上冠兒至底◎諸餘沒半星兒不美◎鍼指暫閒時◎花朝月夕△丫鬟侍婢隨◎好景須歡會◎四時端不負佳致◎

句法三七，五十，七七，五四，五五七，共十一句，十韻。另有別體。黛眉長三字，亦疑是襯也。

普天樂

減芳容◎愁越重◎罷却了描鸞鳳◎雕簷畔鐵馬丁東◎紗窗外絮聒寒蛩◎砧聲又攻◎更那堪雁聲嘹喨長空◎

一作錦庭樂，此調自此曲始，應爲散曲之範。南曲譜作三體。餘不必效法也。句法三三，六七，七，四九，共七句，七韻。九字句如以更那堪三字爲襯，似較佳。減字上聲，而重字去聲，鳥字上聲，而鳳字去聲，馬字上聲，俱絕妙。攻字可用上聲，又字必用去聲。

大石調 計一。

摧拍

受君恩身居從班◎食君祿爭敢邀難◎此行非同小看◎緝探上京虛實△便往邊關◎漠漠平沙◎路遠天寒◎一別後涉水登山◎今日去△甚時還◎

一名急板令，句法七七，四四四，四四，七三三，共十句，七韻。南曲譜以難字作平讀，疑誤，然注明不可作去聲唱。又謂第三句或重唱一句亦可，看字平聲是也，並云敢字作平，京字改作仄，乃叶。

中呂計六調。

駐雲飛

郁釀新蒭◎要解愁腸須是酒◎壺內馨香透◎盞內清光溜◎嗏△何必恁多差◎但略沾口◎勉意休推△莫把眉兒皺◎一醉能消心上愁◎

句法四七，五五，一，五，四四，五七，共十句，九韻。但略沾口四字，亦可用仄仄平平。

駐馬聽

書寄鄉關◎說起教人心痛酸◎傳示俺八旬爹媽△道與我兩月妻房△隔涉萬水千山◎啼痕緘處翠綃班◎夢魂飛繞銀屏遠◎報道平安◎想一家賀喜只說他日再相見◎

句法四七，四四，四七，七四，七，共九句，七韻。

泣顏回

東野翠煙消◎喜遇芳天晴曉◎惜花心性△春來起得偏早◎教人探取△問東君肯與春多少◎見丫鬟笑語回言△道昨夜海棠開了◎（換頭）今朝特地到西郊◎端的是萬紫千紅爭巧◎花情酒債△一生被他縈擾◎雕鞍駿馬△會王孫貴戚把金尊倒◎有時節沈醉花前△把金丸墜落飛鳥◎

句法五六，四六，四八，七七，計八句，五韻。么篇七六，四六，四八，七七，計八句，五韻。共十六句，十韻。性，取，債，馬，四字亦可叶韻，第二句或用仄平平仄仄平平，末句或平平仄仄平平平，酒字應用平聲字。

好事近

（泣顏回）風月兩無功◎枉把心機牢籠◎巫山雲雨△一旦杳然無蹤◎（刷子序）隨風◎奈向樓頭更鼓△聽沈譽又打三鼕◎（普天樂）寂寞恨更長漏永◎便做歡娛夜短△却共誰同◎

句法五六，四六，二六七，七五，四，共十句，七韻。籠字可用仄聲，雨字亦可用韻，旦杳，又打，漏永，夜短，去上聲。譽又上去聲。

榴花泣

（石榴花）覷着你花容月貌勝仙娃◎忍將身命掩黃沙◎幸逢公相救伊家◎似撥雲見日枯樹再開花◎（泣顏回）貞潔可誇◎恁捐生就死令人訝◎你萱堂怎不詳察◎却不道有

傷風化◎

句法七七，七七，四八，七七，共八句，八韻。月，忍，俱可用平聲，命掩，就死，道有，去上聲俱妙，末句用仄平平仄仄平平亦可。

倚馬待風雲

（駐馬聽）蕩起商飆◎曳響穿林葉漸凋◎那更霞銷楓樹△露滴荷盤△月轉桐腰◎霜天風送角聲高◎寒砧韻續燈花落◎（一江風）賓鴻寫碧霄◎齊紈付篋韜◎瑟奏淒涼調◎（駐雲飛）嗏△且進玉杯醪◎醉酕醄◎鏡裏勳猷◎兩鬢秋霜弔◎水上功名逐浪撈◎

此調中段犯南呂，句法四七，四四四，七七，五五五，一，五三，四五七，共十六句，十二韻。

南呂計六調。

一江風

俏冤家◎獨立在簾兒下◎手撚着香羅帕◎細端詳△亂綰著烏雲△斜嚲著金釵△似活菩薩◎若還他到俺家◎燒香供養他◎說幾句知心話◎

句法三五，五三，四四，四五，五六，共十句，七韻。詳字或用韻亦可，此古調也。今人於亂綰烏雲二句只用一句。於若還一句却疊唱作二句，不知何所本也。

嬾畫眉

頓覺餘音轉愁煩◎絃似寡鵠孤鴻和斷猿◎又如別鳳乍離鸞◎只見殺聲在絃中見◎敢只是螳螂來捕蟬◎

句法七七，七五，七，共五句，五韻。惟首句往往作仄平平仄仄平平者，如沈青門之倚闌無語掐殘花，梁少白之小名兒牽掛在心頭，皆是也。

宜春令

雖然讀萬卷書◎論功名非吾意兒◎只愁親老△夢魂不到親闈裏◎便教我做到九棘三

槐△怎撒得萱花椿樹◎我這衷腸△一點孝心對著誰語◎

句法六七，四七，七七，四六，共八句，五韻。夢魂不到，用仄仄平平亦可，兒字裏字俱失叶。

羅江怨

（香羅帶）懨懨病漸濃◎誰來和哄◎春思夏感秋又冬◎滿懷心事訴與天公◎也（一江風）天有何私△不把我思情送◎思多也是空◎情多也是空◎都做了南柯夢◎

句法五四七，七，四五，五五，六，共九句，八韻。又名羅帶風，誠齋樂府另名楚江情者，一更夜氣清曲中，較此多，思量薄倖三句，梁伯龍以為似皁羅袍，非也。思量三句，即是白兔記教也取你三句耳。

針線箱

為薄情使人縈繫◎終日把闌屏悶倚◎病懨懨頓覺貪春睡◎一日瘦如一日◎有時待重

鏨些殘鍼黹◎便拈起東來卻忘了西◎香閨裏◎悶無言空對鍼線箱兒◎

句法七七，七六，七七，三，九，共八句，八韻。有字可用平聲，重字可用仄聲。

梁州序

家私迭等◎故田千頃◎富豪聲震甌城◎他卻不曾婚娶△未浼我來相聘◎他恁地錢物昌盛◎愧我家寒△自料難厮稱◎這段姻緣料想是前定◎入境緣何不順情◎休得要恁執性◎

此梁州序本調也，句法四四六，四六，四四五，七七六，共十一句，九韻。第三句亦可作仄仄平平平仄，聘，定，性，或用平韻，用換頭三支，便成套數，非令曲矣。

黃鐘計二調。

畫眉序

與民歡◎慶賞元宵廣排筵◎會簪纓珠履△貴戚三千◎座列着公子王孫△簇擁處嫦娥

粉面◎太平無事人樂業△黎民盡歌歡宴◎

句法三七，五四，七七，七六，共八句，五韻。紛字平聲乃叶，業字可用韻，此調與鳳鸞交略同，疑係此調別名。

侍香金童

黃菊綻東籬△不覺秋來到◎陣陣金風漸高◎鴻雁傳書途路遙◎過庭軒桂子香飄◎夜迢迢夢斷魂消◎一夜淒涼直到曉◎郎君更小△我方年少◎撲簌簌淚點濕鮫綃◎

此調又入仙呂。句法五五，六七，七七，七四四七，共十句，九韻。

越調 計一調。

鯀搭絮

草芳風暖正春深◎只見漢寢秦陵◎跨驪山蒼翠森◎過華山陰◎雷首將臨◎又見巨靈仙掌△太白豪吟◎我這裏東望長安◎千仞山遙日晌金◎

句法七四，六三，四四，四四，七，共九句，七韻。另一體第一句在暖字上畫一截板，另作四字句，正字上增兩字另作五字句，第三句作七字句。

商調 計五調。

黃鶯兒

霜降水痕收◎迅池塘△已暮秋◎滿城風雨還重九◎白衣人送酒◎烏紗帽戀頭◎思憶那人一似黃花瘦◎彊登樓◎雲山滿目△遮不斷許多愁◎

句法五三三，七四，四七，三四，五，共十句，八韻。一名金衣公子，南詞中常用此調，二北最嗜此，予嘗戲呼為任黃鶯云。

集賢賓

西風桂子香韻幽◎奈虛度中秋◎明月無情窺戶牖◎聽寒蛩聲滿牀頭◎空房自守◎暗數盡譙樓更漏◎如病酒◎這滋味那人知否◎

句法七五，七七，四七，三六，共八句，八韻。儸字或叶平韻。

山坡羊

學取劉伶不戒◎傳示三閭休怪◎沿邨沽酒尋常債◎梅正開◎望青旗籬外手◎古來飲者名猶在◎賢聖寥寥安在哉◎形骸◎隨身鍤可埋◎狂乖◎懷沙賦可哀◎

句法六六，七三，五七七，二五，二五，共十一句，十一韻。一名山坡裏羊，此本調也，見北詞中。

水紅花

憶昔歌舞宴樓台◎贈金釵◎歡娛難再◎思之詩酒看書齋◎命多災◎風光難再◎母親知他何處△尊父阻隔天涯△不能彀千里故人來◎也囉

句法七，三四，七三四，六五七二，共十句，八韻。收句定須用也囉二字，可不管文理爲之。

金絡索

（金梧桐）春來麗日長◎漸覺和風蕩◎猶記臨行△爛漫桃花放◎倏忽柳絮飛△（東甌令）過炎光◎金井梧飄積漸涼◎相將半載分離去△（鍼線箱）怎地音信全無紙半張◎（解三酲）傷情處◎（嬾畫眉）嘹嘹嚦雁兒過南廂◎（寄生子）聽一聲聲叫得淒涼◎愁鎖在眉尖上◎

句法五五，四五，五三七，七七，三六，七六，共十三句，十韻。集曲中最常用之調也。

寄生子或作寄生草誤矣，傷情處句應叶。

雙調 計三調。

玉抱肚

千般生受◎教奴家如何措手◎終不然把他骸骨△沒棺槨送在荒圻◎相看到此不由人淚珠流◎不是寃家不聚頭◎

句法四七，七七，七七，共六句，五韻。或作玉胞肚非也。

鎖南枝

兒夫去△竟不還◎公婆兩人都老年◎自從昨日到如今△不能彀得餐飯◎奴請糧◎他在家懸望眼◎念我老公婆△做方便◎（換頭）鄉官可憐見◎這是公婆命所關◎若是必須將去△寧可脫下衣裳◎就問鄉官換◎寧使奴△身上寒◎只要與公婆△救殘喘◎

句法三三，七六，五三，三三三，又么篇五五，六六，五三，三三，共十八句，十一韻。

換頭以下有時可以不用。

錦堂月

（晝錦堂）簾幙風柔◎庭幃晝永△朝來峭寒輕透◎人在高堂△一喜又還一憂◎（月上海棠）情願取百歲椿萱△常似他三春花柳◎酌春酒◎看取花下高歌△共祝眉壽◎（換頭）輻輳◎獲配鸞儔◎深慚燕爾△持盃自覺嬌羞◎怕難主蘋蘩△不堪侍奉箕帚◎惟願取偕老夫妻△長侍奉暮年姑舅◎

句法四四六，四六，七六，三六，四。合么篇換頭二四四，六四六，七七，共十八句，十一韻。一喜一字可用平聲，他字可用仄聲，暮字改平聲乃叶。

仙呂入雙調 計六調。

朝天歌

燈昏燭暗◎樓頭鼓正三◎先自解羅衫◎我見他香肌微露◎默默驚破膽◎不由人情慘慘◎不由人悶懨懨◎不能彀和他每夜歡娛△但能彀和他片時相聚△把這相思擔兒擔◎

句法四五，五四，五五，五九，七七，共十句，七韻。或作朝元令，非也。

江兒水

妾的衷腸事△有萬千◎說來又恐添縈絆◎六十日夫妻恩情斷◎八十歲父母教誰看管◎教我如何不怨◎要解愁煩◎須是寄箇音書回轉◎

句法五三，七七，七六，四六，共八句，七韻。

孝南歌

（孝順歌）陽臺夢△楚岫雲◎鐙燃絳蠟月滿輪◎香靄洞房新◎花發武陵春◎良宵可人◎同坐同行◎日親日近◎（鎖南枝）你有萬種風流△我有十分俊◎心上人◎掌上珍◎親上親◎煞和順◎

句法三三，七五，五四，四四，六五，三三，三三，共十四句，十二韻。心上人之人字及親字，不用韻更妙，又名孝南枝，犯本宮調者也。

二犯江兒水

（五馬江兒水頭）悶把圍屏來靠◎和衣剛睡倒◎聽風聲嘹嚦△雨打芭蕉◎儘教他窗外敲◎（犯）嬾把寶鐙挑◎慵將香篆燒◎（二犯）捱過今宵◎盼到明朝◎這淒涼算來何日是了◎（五馬江兒水）想起來心兒裏焦◎誤了我青春年少◎攛得奴有上梢沒下梢◎

此亦集曲也，句法四五，四四，六五，五四，四七，四四，九，共十三句，十二韻。

柳搖金

金梧飄墜◉齊紈嬾揮◎牛女會佳期◎丹桂飄金蕊◎風傳香韻奇◉遙望着碧玉如洗◉萬里月揚輝◎一似皓月澄清△團圓到底◎朝歡暮樂△效學于飛◎效學于飛◎和你永諧連理◎

句法四四，五五五，四五，四四四，四四四，共十三句，十一韻。

江頭金桂

（五馬江兒水）怪得你終朝攧窨◎只道你緣何愁悶深◎教咱猜着啞謎△爲你沈吟◎那籌兒沒處尋◉（柳搖金）我和你共枕同衾◎瞞我則甚◎你自撇下爹娘媳婦△屢換光陰◉他那裏須怨著你沒信音◉（桂枝香）笑伊家短行△無情忒甚◎到如今◎兀自道且說三分話△不肯全拋一片心◉

句法四五，四四六，四四，六四，七，五四，三五五，共十五句，十一韻。笑伊家短行，疊唱一句亦可。

跋

右廣中原音韻小令定格，二卷。自來曲譜冗繁，迄無善本，且小令從無專譜，有之，惟周德清中原音韻作詞十法所附之定格四十首，然亦僅有北曲，而無南調，套數夾雜，體例未純。況南北各有異致，又豈可偏廢耶？用是吾師飲虹盧先生，旣删去夜行船套數，而廣小令爲一編，以餉學者。嘗語輯曰，是聊娩於舒氏白香譜，爲入門者一助耳。旣付梓，命輯校字。蓋自癸酉之歲，輯從先生受曲學者，三四年矣。平昔倚聲，咸取則於是。世有習作令曲者，當知此書之作，良不可已，顧非白香詞譜所能擬於萬一也。丙子冬月，鄱陽受業朱輯記。